Bouquet

A

CHARLES X.

Flamand

IMPRIMERIE DE BEAUCÉ-RUSAND, PRÈS SAINT-SULPICE.

Bouquet

A

CHARLES X.

POÊME

DANS LEQUEL ON DÉMONTRE LA FAUSSETÉ DES PRÉDICTIONS
DES ANARCHISTES;

DÉPOSÉ AUX PIEDS DE SA MAJESTÉ, ET PRÉSENTÉ A LA FAMILLE ROYALE;

PAR L. V. FLAMAND-GRÉTRY,

MEMBRE DU CONSEIL MUNICIPAL DE LA VILLE D'ENGHIEN-MONTMORENCY.

Voilà la prophétie
Des prétendus sauveurs de la patrie.

(DU POÊME).

PARIS,

CHEZ ARTHUS-BERTRAND, LIBRAIRE RUE HAUTEFEUILLE, N.º 23.

1825.

AUX FRANÇAIS.

Français ! pour la première fois nous célébrons avec solennité la Fête de Charles x ; volons au pied du saint autel pour prier le Seigneur de couvrir de ses bénédictions notre Monarque adoré dont le règne est l'aurore du bonheur de la France.

L'auteur de cet opuscule, en portant aux pieds du Roi le tribut de son hommage et de ses sentiments, a cru devoir choisir ce jour d'allégresse pour démontrer à la France la fausseté de toutes les prédictions sinistres publiées par les ennemis du trône et de l'autel, afin de nous éloigner de l'un et de l'autre en nous plongeant dans les plus cruelles incertitudes, et par ces perfides moyens, parvenir à tout bouleverser ; mais le Ciel a gravé trop profondément dans nos cœurs les sentiments religieux et monarchiques, pour que jamais les ennemis de tout ordre puissent espérer jouir de cet odieux triomphe.

Les favoris des Muses devraient avoir seuls le droit de peindre dans leurs poêmes harmonieux les vertus sublimes et les bienfaits inépuisables dont le trône est la source.

Français ! vous pardonnerez à la faiblesse de mes vers en faveur de l'intention.

Le produit de cet opuscule est consacré aux réparations urgentes de l'église paroissiale de la ville d'Enghien-Montmorenci, qui est dénuée de tout absolument. Le respectable Curé (M. Langlais), en ma qualité de Membre de son Conseil, me témoigna ce désir lorsque je lui versai les sommes que l'inépuisable bonté de SA MAJESTÉ et de toute la Famille Royale avait daigné me faire remettre à l'occasion d'un opuscule sur le Sacre, que je publiai au profit des indigents de cette ville. Ce Ministre du saint autel en fait un très-bon usage en consacrant cet argent au paiement des loyers des indigents de sa paroisse.

Français ! puissent mes faibles vers vous convaincre de la vérité des faits qui y sont énoncés, et criez avec moi :

Vivent CHARLES long-temps et les BOURBONS toujours !!!

Bouquet

A

CHARLES X.

POÊME.

Français, rassemblons-nous, publions les merveilles
D'un Roi dont les bienfaits étonnent l'univers !
Cent poëtes déjà, par leurs sublimes vers,
En chantant ses vertus, ont charmé nos oreilles.

Portant en main la plus noble des fleurs,
Volons vers son palais, temple de bienfaisance,
Volons pour y jouir de sa douce présence,
Et pour lui présenter l'hommage de nos cœurs.

O peuple! d'un crayon rapide et tout de flamme
Je peindrai ton amour pour le meilleur des Rois,
Les sentiments qui pénètrent mon âme,
Et le bonheur de vivre sous ses lois.

Toi qui ceignis son front du sacré diadême,
  Grand Dieu ! du haut de ton séjour suprême,
Où volent ma pensée et mes timides vœux,
Tu vis ce Prince aimé, dans son exil affreux,
  L'œil ébloui de ta vive lumière,
T'adresser humblement sa fervente prière,
En élevant vers toi ses suppliantes mains :
Des fils de Saint Louis tu devins l'espérance,
Et de mille dangers tu préservas leurs jours :
Leur douce piété leur valut ton secours,
Et tu les entouras de ta toute-puissance :
Par de vils ennemis pressés de toute part,
            Tu devins leur rempart.

Tels étaient les Bourbons regrettés de la France :
Ah ! jamais ils n'auront d'autre appui que le tien,
Que ton aîle leur serve et d'ombre et de soutien.

Brillant d'un noble éclat qui toujours t'environne,
Charles ! ô Roi béni du Monarque des cieux !
Viens, le front ceint de ta noble couronne,
Viens, hâte-toi de paraître à nos yeux !
A l'espoir le plus doux ton peuple s'abandonne !
Tes sujets pleins d'amour, en t'offrant leurs bouquets,
N'aspirent qu'au bonheur de contempler tes traits.

O mon luth ! inspiré par la vérité même,
Peignez de Charles X la clémence suprême !
Redites en ce jour ses glorieux travaux,
  Qui pour jamais rendront son règne illustre !
Et les nobles exploits du plus grand des héros ;
Chantez du jeune Henri, chantez son premier lustre ;
Et des filles des Rois, combattant le malheur,
L'héroïque vertu...., la bonté de leur cœur.

Que ma muse, en ce jour, de bonheur et de fêtes,
Dévoile aux bons Français, sans craindre de pâlir,
Les prophètes trompeurs qui les font tant gémir.

La France languissait de ses longues défaites;
D'un despotisme affreux les envahissements,
Le tyrannique effet d'un État militaire,
Enfin tous les fléaux que fait naître la guerre,
    Avant Louis, causaient ses longs tourments :
Mais tel que l'arc-en-ciel, après une tempête,
Le Monarque apparut; et, sans autre conquête
Que le cœur des Français, en vrai médiateur,
Le Prince Désiré vint régner sur la France,
Pour calmer des esprits la vive effervescence,
Lui rendre pour jamais la paix et le bonheur,
Et lui rouvrir enfin les sources d'abondance.

Monarque regretté ! que tes vils ennemis
De leurs présages faux doivent être punis !
« La France, disaient-ils, doit être partagée. »
Tel était leur espoir; mais qu'ils se sont trompés !
Son Roi lui fut rendu : par le ciel protégée,
Lutèce, libre enfin, vit ses maux dissipés.

Ta rançon, ô mon Roi ! qu'ils croyaient impossible,
La France l'acquitta; son crédit fut doublé;
Son territoire alors cessa d'être troublé :
A l'effroi succéda l'état le plus paisible.

Mais ce bonheur naissant causa le désespoir
Des êtres malfaisants qui, montrant tout en noir,
Voulurent profiter d'une intrigue nouvelle :
« Comment ! un régicide est élu député !
» Quel symptôme ! le peuple est-il donc révolté !

» Les amis des BOURBONS en perdront la cervelle !
» Qu'ils tremblent maintenant ! c'en est fait cette fois :
» Les nôtres désormais vont leur dicter des lois. »
Tels étaient leurs discours, leur insensé délire ;
A leur petit triomphe, on les voyait sourire.

Oh ! qu'ils tremblent eux-mêmes, ils vont bientôt pâlir.
C'est en vain qu'ils croyaient flétrir toute la France ;
Courroucée à l'excès et lasse de souffrir,
Aux collèges bientôt elle vole, et s'élance
Vers l'urne électorale ; et, pleine d'assurance,
Elle y jette des noms connus des bons Français :
Mais aussi l'anarchie, alarmée à l'excès,
Y dépose les siens d'une main agitée :
On proclame soudain les amis de nos Rois ;
Et la porte du temple où sont créées les lois,
Au nez du régicide est brusquement jetée.

Un parricide affreux, des horribles complots,
L'effrayante famine et la guerre civile,
Tout en œuvre était mis contre notre repos :
Inutiles efforts ! la France plus tranquille,
Plus que jamais confiante en ses Rois
Qui guérissent ses maux, ses cruelles blessures,
N'aspire qu'au bonheur de vivre sous leurs lois.

Mais cet état paisible excite les murmures
De ces perturbateurs. La septennalité,
A les entendre, était contraire au grand système ;
Des électeurs français le jugement suprême
Fit avorter celui qu'ils avaient projeté.

Eh ! que n'ont-ils pas dit de cette illustre guerre
Qui, pour la France et pour tous les États,

Eut de si nobles résultats ?
Peuple, entendez l'anarchiste en colère,
Répandant en tous lieux l'épouvante, l'effroi :
« La guerre projetée est la perte du trône;
  » Le ministère, abusant de la loi,
» Expose aveuglément de Louis la couronne,
» Et le Duc d'Angoulême et ses vaillants guerriers
» Aucun ne reverra ses paisibles foyers;
» La France est ruinée, et son crédit est mort. »
Combien on se moqua de leur fougueux transport !

Noble libérateur de l'Espagne enchaînée !
L'Eternel seconda tes efforts plus qu'humains;
Pour jamais ton épée a fixé nos destins;
Et l'anarchie enfin, de serpents couronnée,
Expira sous tes pieds : j'aperçus la Pâleur
Qui jaunissait le front des fils de la Terreur;
Mais je vis dans un char étincelant de gloire
Le Héros revenir des champs de la victoire.

Mais comment esquisser l'ardeur de ces soldats
Affrontant mille morts au milieu des combats,
          Aux vœux de plus d'un traître,
Répondant hardiment : « Le Roi ! vive le Roi ! »
Leurs amis, à ces mots fuyant avec effroi,
Et l'airain embrâsé les faisant disparaître ?
          Tous ces braves guerriers
Sont rentrés en vainqueurs dans leurs humbles foyers.

Sous l'auguste étendard de notre belle France,
Peuple, devant Cadix les armes du Dauphin
   Vous ont conquis, la vraie indépendance,
La sage liberté; notre crédit enfin
Au pair s'est élevé malgré l'agiotage
Qui semblait expirer et de crainte et de rage.

Que n'inventaient-ils pas ces ennemis du bien ?
Les sottises, l'erreur, même la calomnie,
Sont les armes qui font leur unique soutien :
« Ces révolutions, fléaux de l'Italie,
» Doivent passer en France et troubler la patrie ;
» Et les fils d'Albion, qui se sont séparés
     » De la Sainte Alliance
» Vont rompre les traités qu'ils nous avaient jurés ;
» Peuvent-ils voir le Tage envahi par la France !
» Ce sera pour l'Anglais un grand sujet d'offense. »

Prophètes de malheur ! hélas ! que dites-vous ?
L'Anglais, loin de briser avec notre patrie,
    La plus douce harmonie
Ne cessera jamais d'exister entre nous.

Sous ton règne, ô Louis ! tels étaient ces prophètes,
Et telles sont encor leurs volontés secrètes.
Les Français n'ont pas craint leur effrayant courroux,
Et de leur beau système ils ne sont pas jaloux.

 C'est l'Éternel, c'est le Très-Haut lui-même
Qui lance de ses mains la foudre et l'anathème
Sur ces grands criminels, auteurs de tant de maux :
A lui seul nous devons nos succès, le repos.

Mais ce Maître des Rois, toujours impénétrable
Dans ses vastes desseins, avait compté les jours
Du Roi législateur ; et la mort implacable
De sa faulx meurtrière en vint trancher le cours :
Des milliers de Français, accablés de tristesse,
 Vinrent, couverts de longs habits de deuil,
Vinrent baigner de pleurs le funèbre cercueil.

L'anarchie éveillée alors bientôt s'empresse
De faire entendre encor ses cris séditieux,

Qui répandent, partout, la crainte, l'épouvante :
« Le trône, disaient-ils, ces vils audacieux !
       » Le trône est ébranlé;
» La royale couronne est encor chancelante;
» Le ministère, enfin, va nous être immolé ».
       Voilà la prophétie
Des prétendus sauveurs de la patrie.

Français, oui, vous perdiez un Monarque chéri,
Qui vous donna la paix, qui vous servit de père,
   Qui cimenta la liberté si chère;
Qui fit fleurir les arts, dont il était l'appui;
Sur sa tombe pleurez... Mais, sur vos destinées,
   Ne tremblez point; méprisez les efforts
Des fils de l'anarchie, et leurs fougueux transports :
Louis a succombé sous le poids des années;
Mais pour vous, peuple heureux! le Roi vivra toujours.
C'est un père pour vous : il veille sur vos jours.

Depuis que l'Éternel te plaça sur le trône,
O Charles ! qu'il bénit ton auguste couronne,
Les tiens sont tous marqués par de nouveaux bienfaits :
Est-il des cœurs qui ne soient satisfaits !
On dirait que pour toi la Seine est le Pactole;
Au-devant du malheur, toujours ton âme vole;
Dans la France et partout jusqu'aux pays lointains,
Où d'horribles fleaux, d'épouvantables crimes,
Exercent leur ravage et font mille victimes,
L'or découle à longs flots de tes royales mains ;
Protecteur éclairé des arts, de la science,
O mon Roi! ce n'est pas seulement nos savants,
Que tu daignes combler d'honneurs et de présents,
L'étranger illustré, quelque soit sa naissance,
A de même des droits à ta munificence.

Prince ! le démagogue a perdu tout espoir ;
Le peuple a secoué le joug de l'anarchie ;
L'obéissance aux lois, voilà son seul devoir ;
Il ne vit que pour Dieu, l'honneur et la patrie ;
En son Roi, seulement, la France se confie.

Vous, insensés désorganisateurs !...
Nous sommes fatigués de vos cris imposteurs ;
Ennemis de tout ordre et des vertus civiques,
Vous ne rêvez que de vos républiques ;
  Mais votre voix se perd dans le désert ;
Votre masque est tombé ; votre front découvert
  Fait, maintenant, horreur à ma patrie ;
Vous n'osez plus parler contre la monarchie ;
Vous n'osez plus contre elle éclater de fureur ;
Car vous savez qu'elle est au fond de notre cœur ;
Du bonheur des Français, elle est la garantie.

  Mais la religion, cette fille du ciel,
Qui nous fait supporter les peines de la vie ;
  Qui nous assure un repos éternel,
Cette religion, la source infaillible
Du vrai bien qui suffit au cœur du vrai chrétien ;
Qui console toujours, dans son réduit paisible,
Le pauvre et le malheur dont elle est le soutien ;
C'est elle, maintenant, qui tourmente votre âme ;
Sous son masque, on le voit, la fureur vous enflamme
Contre ses saintes lois, contre ses vrais miracles,
Et contre ses prélats, ses prêtres révérés,
Ses institutions et ses rites sacrés ;
Mais vos doctes discours ne sont point des oracles ;

Quoi ! vous osez fronder la vérité
De son culte divin et de ses lois suprêmes !
Hypocrites ! sachez que ses maximes mêmes
      Prouvent leur sainteté !

O Charles ! ô mon Roi ! ton âme les pratique
  Ces saintes lois : le prix le plus flatteur
  T'est accordé dans toute sa splendeur,
      Par un Dieu bon et magnifique :
Sur ton trône affermi, règne la vérité ;
Nous rendons, en ce jour, hommage à l'équité.

Mais vous, hommes pétris d'une horrible imposture,
Vous vantez, vainement, de vos cœurs la droiture ;
  Dans vos désirs, trop souvent inhumains,
On croirait voir sortir les crimes de vos mains ;
Toujours pleins d'arrogances, aux justes lois rebelles,
Vous inventez, toujours, des astuces nouvelles ;
Et tels que l'hydrophobe, agités, tourmentés,
Vous croyez, bonnement, être tous redoutés ;
Vos discours insolents, vos paroles sinistres
Sont, sans cesse, employés contre tous nos ministres.

Ils ont exécuté la volonté du Roi :
Croyez-vous qu'ils voudraient de vous subir la loi ?

O ma lyre ! oublions les horribles satires
De tous ces libéraux, et leurs honteux délires !
Sous mes doigts modulez de plus nobles accents !

  Peuple, fêtons un monarque si juste !
Par vos chants exprimez vos plus doux sentiments !

Prions qu'il vive en paix sous son empire auguste!
Qui n'a reçu cent fois des dons de la bonté
Qui règne sur son front brillant de majesté?

L'émigré voit la fin de sa longue souffrance;
Saint Domingue, par lui se trouve émancipé;
Le repentir sincère a droit à sa clémence;
    Et son esprit, sans cesse, est occupé
De combler l'homme instruit, d'honneur, de récompense:

Eh toi, Salins! eh toi, cité trop malheureuse!
Oui! tel que le phénix après un long trépas,
De ta cendre brûlante, un jour tu renaîtras.
Fais connoître du Roi l'action généreuse,
Qu'imitent, à l'envi, des milliers de Français;
Et grave en lettres d'or, sur tes sacrés portiques,
Le nom de CHARLES DIX et ses nobles bienfaits.

Les temples du Très-Haut, les monuments antiques,
Sont partout rétablis au gré de nos souhaits;
        Avec munificence;
Et l'autel est paré de riches ornemens.

        O France! heureuse France!
Vole aux pieds de ton Roi, prononcer les sermens
        D'amour et de reconnaissance!

        Elève avec orgueil,
Sur le trône immortel d'une famille auguste,
Tes regards pleins d'ivresse! approche près du seuil
Du palais enchanteur du prince le plus juste!
Contemple, avec transport, notre Roi tant chéri!
Et ces filles des cieux, princesses adorées,
A CHARLES présentant mille fleurs colorées;

Soutenant, de leurs mains, le petit-fils d'Henri ;
Et sa sœur dont la mère est l'auguste modèle,
Offrant, à leur aïeul, le lis et l'immortelle !

Peuple et soldats Français, vainqueurs de Fontenoy !
   En célébrant la fête d'un bon Roi,
Couronnez de lauriers le héros de la France !
Admirez près de lui ces anges de bonté !
Les seuls appuis du trône, et dont la bienfaisance
Soulage le malheur, chasse la pauvreté !
   Quelle âme ! ô ciel ! que leur âme sublime !
   Que de grandeur ! de vertu magnanime !
Des pauvres elles sont la source et le trésor ;
   Et de nos maux sans cesse elle s'afllige :
Rien ne coûte à leur cœur, elle prodigue l'or.
O douce illusion ! c'est vraiment un prodige ;
Quel modèle divin pour notre Dieu-Donné
Qui ne sera jamais du ciel abandonné !

Quand cet astre divin apparut sur nos têtes,
Il nous fit un moment oublier nos tempêtes :
La France dans les pleurs ! veuve d'un Roi chéri,
De ces trop longs tourments conservait la mémoire,
Craignant encor le joug révolutionnaire.
   L'éternel attendri,
Nous rendit notre Roi, d'Angoulême et Berri.
Par un monstre échappé de la porte infernale,
Le dernier rameau d'or, ciel ! nous fut arraché !
Un autre, refleuri sur la tige natale,
Apparut à nos yeux dès l'aube matinale,
Couvert du drapeau blanc et sous les lis caché.
   Toi, son auguste mère,
   Aux Français toujours chère !

J'ai , malgré moi, réveillé tes douleurs...
En ce jour où l'on doit ne t'offrir que des fleurs.

Dans mon humble Ermitage
Où je contemple en paix tes traits , ta douce image,
Auguste Caroline ! il est de mon devoir ,
De couronner ton buste en t'offrant l'immortelle ;
Accueille cet hommage et daigne recevoir
Ma reconnaissance éternelle.

O souverain des Rois ! dans ce jour d'allégresse ,
Tout ébloui de ta grandeur ,
Les vœux que je t'adresse
Sont les sentiments de mon cœur.
Publiez , ô mon luth ! publiez d'âge en âge
Pour la France de Dieu le grand ouvrage !
Et qu'il glace d'effroi
Tous les ennemis de mon Roi !

Charles s'est déclaré le Sauveur de la France
Le régénérateur de ta divine foi ;
Protége-le , grand Dieu , de ta toute-puissance !
Des Bourbons à jamais sois l'unique soutien
Et veille sur les jours du Monarque chrétien.

Ouvrages de l'Auteur, dont la plupart ont été publiés au bénéfice des indigens de la ville d'Enghien-Montmorency et de Salins, et qui se trouvent chez le même libraire.

Le 21 janvier ; Poême élégiaque , dédié aux mânes de Louis XVI, in-8.°, 1818.

La mort du Duc de Berri ; Ode, 1820.

La naissance du Duc de Bordeaux ; Ode , in-8.°, 1820.

Dithyrambe sur le baptême de Mgr. le Duc de Bordeaux, in-8°. , 1821.

Cantate présentée à S. A. R. Madame , Duchesse de Berri, à l'occasion de l'inauguration de son buste à l'Ermitage, et exécutée le 25 août 1823, musique de M.ᵉ Herminie Daubonne.

Le retour de S. A. R. Mgr. le Duc d'Angoulême ; Poême héroïque, in-8.°, 1823.

Chant guerrier , tiré du poême ci-dessus, musique de M. Chevesaille , émigré, et à son profit.

Hymne à l'occasion de l'ouverture du Temple expiatoire, érigé à la mémoire des augustes victimes, musique du célèbre Grétry , (entre-acte de Lisbeth).

Ode présentée à S. A. R. Madame, Duchesse de Berri, au sujet de l'inauguration du cœur de son auguste époux à Rosnie , in-8.° , 1824.

Hommage à Charles X, à l'occasion de la mort de Louis XVIII , et de son avènement au Trône. *Dithyrambe* , in-8°, 1824.

Le Sacre de CHARLES X, Ode in-8.°, 1825.

Hommage poétique à Mgr. le DAUPHIN, à l'occasion de sa
fête, 25 août 1825, musique de Melle H. D.

L'Ermitage de J. J. Rousseau et de Grétry, poême en huit
chants, avec prologue, des notes historiques, et orné
de figures, *et fac simile*, un vol. in-8.°, 1820.

Cause célèbre relative au procès du cœur de Grétry,
contre la ville de Liège, ouvrage orné des vues de la
chapelle qui doit être érigée à l'Ermitage, d'un beau
portrait de Grétry, de *fac simile*, etc., un vol. grand
in-8.°, 1825.

www.ingramcontent.com/pod-product-compliance
Ingram Content Group UK Ltd.
Pitfield, Milton Keynes, MK11 3LW, UK
UKHW022254070726
13613UKWH00005B/2287